F. Isabel Campoy

Celebra
Kwanzaa
con Botitas y sus gatitos

Ilustrado por **Valeria Docampo**

ALFAGUARA

—Hoy es el primer día de Kwanzaa —dice mamá.

—Es el día para estar juntos en familia —dice el abuelo.

¡Pero mi gata Botitas ha desaparecido!
No está con nosotros hoy…
¡Y ella es parte de la familia!

—Hoy es el segundo día de Kwanzaa —dice papá.

—Es el día para luchar por lo que queremos —dice
la abuela.

Pues yo quiero encontrar a mi gata.
¡No podemos celebrar Kwanzaa sin Botitas!
Además, debe estar hambrienta.

—Hoy es el tercer día de Kwanzaa —dice el abuelo.

—Es el día para ayudar a los demás a solucionar sus problemas —dice mamá.

DICIEMBRE
28

TRABAJO
RESPONSABILIDAD
SOLIDARIDAD

Por eso toda la familia
me está ayudando a buscar a Botitas.

¡Pero no la encontramos!

—Hoy es el cuarto día de Kwanzaa —dice la abuela.

—Es el día para trabajar en equipo —dice papá.

DICIEMBRE
29

COOPERACIÓN

Papá ha ido al garaje a buscar a Botitas.

Los abuelos, mi hermana y yo buscamos
en el resto de la casa.

Mamá llama a los vecinos para preguntarles
si la han visto.

—Hoy es el quinto día de Kwanzaa —dice mamá.

—Es el día para planear y trabajar para lograr nuestras metas —dice el abuelo.

Botitas no está en la casa ni donde los vecinos.

Papá dice que vamos a tener que buscarla por las calles.

La abuela dice que deberíamos poner unos carteles.

—Hoy es el sexto día de Kwanzaa —dice papá.

—Es el día para crear algo hermoso —dice la abuela.

¡He hecho un dibujo de Botitas para los carteles!

Mi hermana escribe todo con su bonita letra.

Papá va a pegar los carteles por todo el vecindario.

—Hoy es el séptimo día de Kwanzaa —dice el abuelo.

—Es el día para creer que todos nuestros sueños se harán realidad —dice mamá.

¡Vengan todos! ¡Miren esto!

Yo estaba seguro de que encontraría a mi gata.

Y ahora tengo siete pares de botitas…

¿Qué es Kwanzaa?

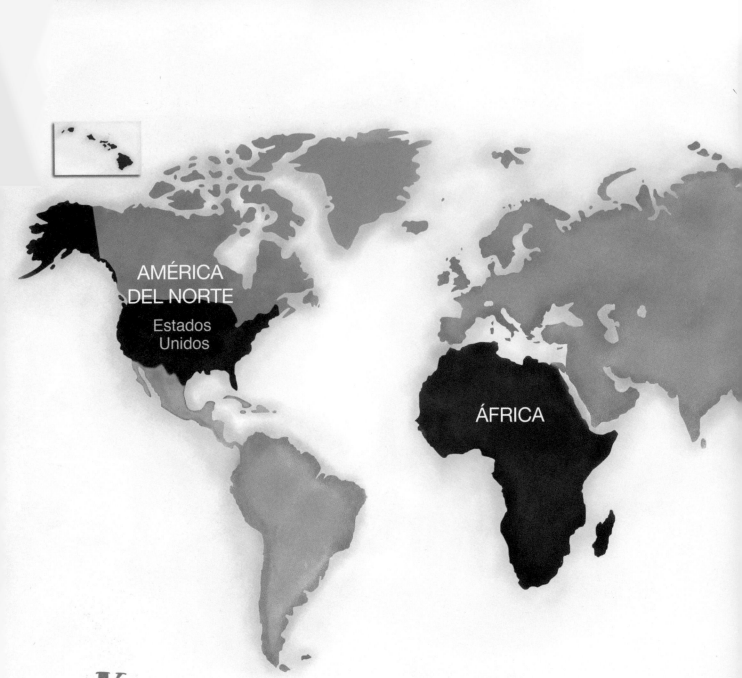

AMÉRICA
DEL NORTE
Estados
Unidos

ÁFRICA

Kwanzaa es una fiesta que celebran los afroamericanos
y otras personas con raíces africanas. Estas personas,
o sus antepasados, vinieron de otro continente llamado
África. Esto es lo que quiere decir tener "raíces africanas".
El Dr. Maulana Karenga creó Kwanzaa en Estados Unidos,
pero hoy en día esta fiesta se celebra en todo el mundo.

En Kwanzaa, las personas con raíces africanas celebran con orgullo su cultura. También hablan sobre lo importante que es estar unidos en la comunidad y en la familia. Y los niños aprenden sobre el valor de su cultura para que no se olvide.

Kwanzaa se celebra del 26 de diciembre al 1 de enero. Durante esos siete días, las personas con raíces africanas se reúnen y hacen muchas cosas divertidas. Cantan, bailan, leen poemas, cuentan historias, juegan y comen juntos. ¡Es una gran celebración!

Por lo general, las personas se reúnen en casa con sus familiares. También se hacen reuniones en centros comunitarios a las cuales asisten muchas familias.

Para celebrar Kwanzaa, las familias con raíces africanas preparan en su casa un lugar especial con algunos objetos. Estos objetos representan cosas importantes.

Todo se pone sobre una mesa. Primero
se pone una esterilla de paja o un mantel
de tela con diseños africanos.

Sobre la esterilla se pone un *kinara*. El kinara es un candelabro especial para siete velas. Cada uno de los siete días de Kwanzaa se enciende una vela nueva y se habla de un tema especial.

En el kinara se ponen tres velas rojas, tres velas verdes y una negra. El rojo, el verde y el negro son los colores de Kwanzaa.

Sobre la mesa también se ponen frutas y verduras. Hay que poner al menos dos mazorcas de maíz. Las frutas y las verduras representan el alimento, que llega a la gente gracias al trabajo de muchas personas.

También se pone una copa muy bonita que representa la unión de la familia. Todas las personas que se han reunido beben de la copa para celebrar que están juntas.

Sobre la mesa también se ponen regalos para los niños. En Kwanzaa, los niños reciben regalos educativos, como libros o videos. Además, reciben juguetes o adornos relacionados con la cultura africana.

En Kwanzaa, algunas personas con raíces africanas se ponen ropa con diseños típicos de África. Es otra manera de mostrar que se sienten orgullosos de pertenecer a una cultura que ama el arte, la música y la belleza. ¡Por eso celebran con mucha alegría!

Una familia afroamericana celebra un día festivo con una cena especial.
© Paul Barton/CORBIS

Retrato de una familia afroamericana en invierno.
© Ariel Skelley/CORBIS

Una familia afroamericana celebrando Kwanzaa.
© Royalty-Free/CORBIS

Un grupo de niñas interpreta una danza tradicional africana con motivo de la celebración de Kwanzaa en su escuela en el Bronx, Nueva York.
© James Laynse/CORBIS

Un padre afroamericano juega ajedrez con sus hijas.
© Tom Stewart/CORBIS

Una adolescente enciende las velas durante la celebración de Kwanzaa en la Escuela Comunitaria Washington, en Plainfield, Nueva Jersey.
© Frank H. Conlon/Star Ledger/CORBIS

Un grupo de jóvenes enciende las velas del kinara durante la celebración de Kwanzaa en el Centro Comunitario Cristiano Morning Star, en Elizabeth, Nueva Jersey.
© Tim Farrell/Star Ledger/CORBIS

Los símbolos de Kwanzaa.
© Royalty-Free/CORBIS

Padre e hijo celebrando Kwanzaa.
© Royalty-Free/CORBIS

Esterilla de paja
© M. Angelo/CORBIS

Un kinara, el candelabro especial para la celebración de Kwanzaa.
© Royalty-Free/CORBIS

Madre e hija celebrando Kwanzaa.
© Royalty-Free/CORBIS

Las siete velas de Kwanzaa: una negra, tres rojas y tres verdes.
© Royalty-Free/CORBIS

Una pareja afroamericana celebrando Kwanzaa.
© Royalty-Free/CORBIS

Las frutas y las verduras en la mesa de Kwanzaa representan el alimento.
© Royalty-Free/CORBIS

Las dos mazorcas, que representan los hijos, no pueden faltar en la mesa de Kwanzaa.
© Royalty-Free/CORBIS

Una adolescente afroamericana sostiene la Copa de la Unidad, uno de los símbolos de Kwanzaa.
© Royalty-Free/CORBIS

Detalle de una Copa de la Unidad tallada en madera.
© Royalty-Free/CORBIS

Los miembros de una familia afroamericana se pasan la Copa de la Unidad en la celebración de Kwanzaa.
© Royalty-Free/CORBIS

Un niño afroamericano y su papá disfrutan un libro juntos.
© LWA-Sharie Kennedy/CORBIS

Un niño afroamericano y su madre juegan con un ábaco.
© Jose Luis Pelaez, Inc./CORBIS

Artesanía de Sudáfrica.
© Collart Herve/CORBIS SYGMA

Una niña afroamericana le lee a su muñeca.
© Jose Luis Pelaez, Inc./CORBIS

Un padre afroamericano y su hijo, vestidos con trajes tradicionales para la celebración de Kwanzaa.
© Ariel Skelley/CORBIS

Artesanía típica de Ghana.
© Penny Tweedie/CORBIS

Una pareja afroamericana celebra Kwanzaa vestida con trajes tradicionales africanos.
© Royalty-Free/CORBIS

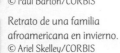
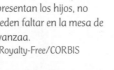